MARIA

PAR

A. GODEFROY-HUGON.

BORDEAUX,

IMPRIMERIE DE Vᵉ JUSTIN DUPUY ET COMP.,

Rue Gouvion, 20.

1859

MARIA.

(C.)

MARIA

PAR

A. GODEFROY HUGON.

BORDEAUX,

IMPRIMERIE DE Vᵉ JUSTIN DUPUY ET COMP.,

Rue Gouvion, 20.

1859

A JUSTIN DUPUY.

I.

Non loin des bords heureux où Venise la belle
De mille rayons d'or au soleil étincelle,
Abandonnant son sein aux caresses des flots,
Souvent on entendait, quand la nuit venait sombre,
Le murmure plaintif des nefs glissant dans l'ombre
Se mêler aux refrains des chants des matelots.

C'étaient de gais pêcheurs qui, repliant leurs voiles
A la pâle clarté des tremblantes étoiles,
De leurs champs bien-aimés apercevant le bord,
Entonnaient un cantique à la sainte Madone,
Mère des nautonniers, leur divine patrone,
Qui toujours les protége et les ramène au port.

Ils croyaient tous et tout!... Ce n'étaient pas des hommes
Sans espoir et sans Dieu, comme au temps où nous sommes.
Un cœur chrétien battait sous chaque habit grossier;
Et le soir, quand venait l'heure où l'on se rassemble,
Ils ne rougissaient pas de s'unir tous ensemble
Pour prier à genoux l'humble Christ du foyer.

Pour eux, tout le bonheur, au sein de la misère,
Etait de partager leur pain avec un frère,
D'accueillir l'étranger et le pauvre pleurant.
Aussi, pleins de bonté, de douceur, de tendresses,
Ils entouraient d'amour et de vives caresses
Une frêle orpheline, une timide enfant.

Maria fut le nom de cette jeune fille :
Elle n'avait, hélas! ni mère ni famille;

Sans appui sous le ciel, à peine à son berceau,
Par quelques-uns d'entre eux elle fut recueillie;
Ils lui donnaient leur pain, la nommaient leur amie :
Comment faire autrement? son front était si beau!

Ainsi que Maria, doux et gentil comme elle,
Lélio, jeune enfant à l'âme franche et belle,
Vivait aussi près d'eux. Fils d'un pauvre pêcheur,
Son père, sous les flots, périt dans un naufrage;
Par leurs soins élevé, nourri, dès son bas âge,
Il avait oublié sa perte et son malheur.

II

Maria grandissait... Elle était aussi belle
Que l'étoile du ciel qui, la nuit, étincelle.
A peine sur son front brillaient seize printemps.
En élégants contours, sa taille gracieuse
Se dessinait déjà si souple et si moelleuse,
Qu'on eût dit un roseau balancé par les vents.

De noirs et longs cheveux ornaient ce front candide ;
Son œil était baissé, sa démarche timide,
Et son parler naïf, aussi doux que le miel ;
Sa voix était si tendre et si mélodieuse,
Tant de douceur errait sur sa lèvre rieuse,
Qu'on l'eût prise vraiment pour un ange de ciel.

Mais déjà Lélio, presque aussi jeune d'âge,
Etait bien fait de corps, gracieux de visage,
Son regard vif brillait d'une mâle splendeur ;
Puis il sentait aussi, dans le fond de son âme,
Avec frémissement s'allumer une flamme,
Par le ciel confiée aux replis de son cœur.

Il aimait Maria... Pour lui, c'était la vie,
C'était tout le bonheur de son âme ravie,
Le rayon caressant qui lui portait l'amour ;
C'était son univers, son seul bien sur la terre,
Le seul nom qu'il mêlât toujours à sa prière,
Vibrant harmonieux et la nuit et le jour.

Elle l'aimait aussi... Le doux amour, pour elle,
Etait calme et joyeux comme l'aube nouvelle

Colorant lentement un horizon lointain. .
C'était, dans ce cœur pur, la goutte de rosée,
Par la brise des nuits, en passant, déposée
Sur le calice d'or d'une fleur du matin.

Mon Dieu! que son bonheur était digne d'envie,
Quand elle allait ainsi, souriant à la vie,
N'ayant de doux pensers que pour son Lélio,
Laissant fuir mollement ses joyeuses années,
Comme les fleurs des champs qui passent entrainées
Par le léger courant d'un limpide ruisseau.

Parfois on la voyait, quand la foule rieuse,
Vers Venise accourait, folle, tumultueuse,
Ses longs et beaux yeux noirs abaissés à demi,
Au bras de Lélio suspendant sa main blanche,
Si belle, qu'on eût dit un cygne, quand il penche
Indolemment son cou sur un lac endormi.

On l'admirait... Souvent, en passant auprès d'elle,
Que de Vénitiens s'écriaient : Qu'elle est belle!...
Alors, toute surprise, elle rougissait fort ;
Tandis que Lélio, l'ivresse au fond de l'âme,

— Attirant à son tour plus d'un regard de femme, —
En lui pressant la main, marchait plus fier encor.

Dans le vaste horizon quand s'éteignait l'étoile,
Lélio l'embrassait, puis il ouvrait la voile
De son léger esquif. Fuyant dans le lointain :
— Adieu ! — s'écriait-il avec un doux sourire ;
Et si le mot adieu ne pouvait plus se dire,
Alors il envoyait des baisers de la main.

III.

Qui l'eût dit, à les voir s'avancer dans la vie,
Si pleine d'avenir, d'espérance fleurie,
Que la cruelle mort devait, hélas ! flétrir
De ces anges si purs les gracieux visages,
Et que ces jeunes lys, brisés par les orages,
Ces deux pauvres enfants allaient bientôt mourir ?

IV.

Un jour qu'ils se trouvaient assis sur le rivage,
Maria devint triste. On vit sur son visage
S'épandre le chagrin qui venait l'oppresser...
Lélio dans ses mains pressa ses mains tremblantes,
Et sur sa joue, alors, ses lèvres caressantes,
Toutes pleines d'amour, vinrent se reposer.

Mais ses lèvres alors rencontrèrent des larmes :
— Qu'as-tu donc? disait-il, — d'où viennent tes alarmes?
Maria! Maria! pourquoi pleurer ainsi?
Tu souffres, n'est-ce pas? Pourquoi cet air étrange?
Souris-moi, Maria! Souris-moi, mon doux ange!...
O mon Dieu! veux-tu donc me voir pleurer aussi! —

Alors, la pauvre enfant, éperdue et muette,
Dans ses deux blanches mains laissa pencher sa tête;
Ses pleurs à son ami faisaient trop mal à voir;
Et, relevant son front, elle voulut sourire
A Lélio tremblant, qui venait de lui dire,
En l'embrassant encor : — Je reviendrai ce soir! —

Il partit... Et bientôt, au sein des flots rapides,
L'esquif léger fuyait. Pâle, les yeux humides,
Maria, d'un bien triste et désolé regard,
De celui qu'elle aimait suivait la voile errante,
Qui, dans le fond des mers, se perdait blanchissante,
Et disparut au loin sous un léger brouillard.

Et seule sur la grève elle resta pensive,
Seule, le cœur brisé, délirante et plaintive.
Pour calmer sa douleur, on la vit, en pleurant,
S'agenouiller au pied de la Madone sainte,
Laissant tomber ces mots d'une voix presque éteinte,
Comme un soupir d'adieu donné par un mourant.

Sa faible voix disait : — « Bonne Vierge Marie !
» Espoir des affligés, que nul en vain ne prie,
» Pitié pour Lélio ! pitié pour mes douleurs !
» Daignez le protéger, ô ma sainte patronne ! » —
Et ses bras enlaçant les pieds de la Madone,
Elle les humectait de baisers et de pleurs.

Elle pria longtemps!... Quand la nuit fut venue,
De l'immense horizon mesurant l'étendue,
Ses yeux allaient cherchant, sur la cîme des flots,
Du malheureux esquif la voile consolante ;
Et puis, elle écoutait si la brise tremblante
Lui portait en passant les chants des matelots.

Au murmure des vents, au bruit de l'eau plaintive,
Elle prêtait en vain une oreille attentive :
Car, pour toujours, hélas ! les chants avaient cessé.
Le ciel devenait noir ; au loin grondait l'orage ;
La vague, en rugissant, roulait sur le rivage,
Naguère par les flots mollement caressé.

Aussi, depuis ce jour, la douce jeune fille,
Si joyeuse autrefois, si folle et si gentille,
Pâle, le front baissé, marchait à pas bien lents,
Elle venait le soir, pleurante, désolée,
Se placer au sommet d'une roche isolée,
Ses longs cheveux épars abandonnés aux vents.

Ne pouvant supporter la dévorante flamme,
De l'immense chagrin que contenait son âme,
Lasse de tant pleurer, sans amour, sans espoir,
On la vit s'élancer dans la vague écumante,
Ses bras étaient tendus, sa bouche souriante!...
Hélas!... la pauvre folle!... elle avait cru le voir...

V.

Et depuis, chaque soir, quand les brises frémissent,
On entend se mêler aux algues qui gémissent,
Le nom de Maria, répété par l'écho;
Et bien souvent aussi, quand gronde la tourmente,
Une voix qui s'éteint, enfantine et tremblante,
Murmure au loin... bien loin... Lélio!... Lélio!...

www.ingramcontent.com/pod-product-compliance
Lightning Source LLC
Chambersburg PA
CBHW061431170626
46811CB00005B/2229